PASSE-TEMPS

D'UN

SOLDAT FRANÇAIS.

PASSE-TEMPS

D'UN

SOLDAT FRANÇAIS;

CHANSONS MILITAIRES ET AUTRES.

PAR A. JACQUEMART,

SOLDAT AU CINQUIÈME RÉGIMENT DE LA GARDE ROYALE.

PARIS,

A. EGRON, IMPRIMEUR

DE S. A. R. MONSEIGNEUR, DUC D'ANGOULÊME,

rue des Noyers, nº 37.

. M. DCCC XXI.

PASSE-TEMPS

D'UN

SOLDAT FRANÇAIS.

~~~~~~~~~~~~~~~~~~~~~~~~~~~~~~~~~~~~~~~

LES SOLDATS FRANÇAIS

AUX LIBELLISTES.

AIR *de Boileau à Auteuil.*

DÉTROMPEZ-VOUS, sujets rebelles,
Vos efforts seront sans succès.
Avant d'écouter vos libelles,
Nous cesserons d'être Français.   (*bis.*)

AIR *du Magistrat irréprochable.*

Quand la douce paix, la concorde,
Nous procurent des jours plus beaux,

Quoi ! vous voulez de la discorde
Rallumer les fatals flambeaux ?　(bis.)
Vous voulez que, dans sa colère,
Un Français attaque un Français?
Que le fils égorge son père?
Voilà donc quels sont vos projets ! } bis.

Détrompez-vous, etc.

Par la plus indigne des trames,
Guidés par la perversité,
Pour tâcher d'émouvoir nos âmes,
Vous nous parlez de liberté.
Libres, soumis à votre rage,
Hommes perfides et pervers,
Si nous écoutions ce langage,
Nous serions bientôt dans les fers.

Détrompez-vous, etc.

Le soldat, qu'un saint zèle anime,
Rit de vos indignes complots;
Il sait que trahir est un crime,
Qu'un traître n'est point un héros.

Vos principes d'indépendance
Sont bien mal fondés, croyez-moi,
Car celui qui chérit la France
Sans doute doit chérir le Roi.

Détrompez-vous, etc.

Voyez ces éclatans panaches
Que nous sommes fiers de porter;
Voyèz cet étendard sans taches,
Et gardez-vous de l'insulter.
Nous jurâmes de le défendre
Et de ne le quitter jamais.
Insensés, faut-il vous apprendre
La force d'un serment français?

Détrompez-vous, etc.

Encor criblés par la mitraille,
Ecoutez nos vieux grenadiers
Nous citer plus d'une bataille
Où leur front fut ceint de lauriers.
Tous rassemblés à la cantine,
On les écoute avec émoi :

Et chaque récit se termine
Par les cris de *Vive le Roi !*

Détrompez-vous, etc.

N'espérez pas qu'un militaire
Protége vos noirs attentats ;
Gardez votre honteux salaire,
L'honneur français ne se vend pas.
Après un repas bien modeste,
Que nous trouvons de bon aloi,
Nous sommes riches s'il nous reste
Pour boire à la santé du Roi.

Détrompez-vous, etc.

Que demain l'honneur nous rappelle
Aux lieux de nos premiers exploits,
On nous verra d'un même zèle
Défendre le meilleur des Rois.
Par de nouveaux traits de vaillance
S'illustreraient tous nos guerriers :
Et l'on verrait fleurir en France
Le lis à l'ombre des lauriers.

Détrompez-vous , sujets rebelles ,
Vos efforts seront sans succès.
Avant d'écouter vos libelles ,
Nous cesserons d'être Français.

(1820.)

MES CHATEAUX EN ESPAGNE,

OU

DEUX HEURES DE FACTION.

AIR : *Il se croira dans un parterre.*

MINUIT sonne, et sur ma guérite
Phœbé jette un pâle reflet.
Pour que le temps passe plus vite,
Faisons quelque joli projet.
Un instant battons la campagne :
Momus, agitant ses grelots,
M'invite à le suivre en Espagne } *bis.*
Pour y bâtir quelques châteaux.

En cessant d'être militaire,
Je ne veux, loin d'être envieux,
Qu'une cabane solitaire
Dans un vallon silencieux.
Loin du tumulte de la ville,
N'ayant pour voisin que l'écho,
Là je vivrai bien plus tranquille
Que dans un superbe château.

J'y composerai mainte strophe
Sur mes amours, sur mes regrets......
Mais hélas! pauvre philosophe,
Seul, en ces lieux, tu t'ennuierais.
Eh bien! prenons gente bergère,
Simple, comme on l'est au hameau;
Elle saura bien mieux me plaire
Que la maîtresse d'un château.

De ma gentille ménagère
Je vois la taille s'arrondir :
Déjà sur la verte fougère
Je vois mon premier-né courir.
Non, rien ne manque à mon ivresse,
Puis-je avoir un désir nouveau?
J'éprouve tout, amour, tendresse,
Biens méconnus dans un château.

Je me vois une pépinière
De ces doux fruits de mon amour.
Ma pauvre petite chaumière
Ne peut me suffire en ce jour.
Il faut songer à mon ménage.....
Eh bien! au bord de ce ruisseau,

Agrandissons notre héritage ;
Bâtissons..... un petit château.

Me voilà bien plus à mon aise.
Mais il me faut changer d'habit ;
Qu'un tailleur m'habille à l'anglaise.
Puis mon jardin est trop petit.
Achetons ce canal en face,
Cès bois, ce verger, ce coteau :
C'est le moins que j'aille à la chasse
En habitant dans un château.

Quand je n'avais qu'une chaumière,
Le soir courant dans le vallon,
Un vieux chien portait ma lumière,
Et mon guide était un bâton.
Maintenant je crains la froidure,
Et, voyageant incognito,
Je veux avoir une voiture
Pour m'éloigner de mon château.

Là-bas, auprès de ce platane,
Quel est ce mauvais galetas?
Grand Dieu ! c'est ma pauvre cabane :
Je ne la reconnaissais pas.

De moi crainte qu'on ne se moque,
Allons, Frontin, prends un marteau,
Vite, abats-moi cette bicoque ;
Elle embarrasse mon château.

Qu'entends-je? Les gens du village
M'appellent tous leur bon seigneur!
Ils viennent pour me rendre hommage,
Ah! quel honneur! ah! quel honneur!...
Mais quoi!... Cela n'était qu'un rêve?
Un fruit de mon faible cerveau?
Quelqu'un s'approche.... On me relève.
Adieu plaisirs, honneurs, château.

De l'homme telle est la manie,
Jamais content de son destin;
On le voit dépenser sa vie
En souhaits pour le lendemain.
Ce qui dans l'instant sut lui plaire,
Cesse de lui paraître beau :
Il désire dans sa chaumière,
Il désire dans son château.

STANCES

SUR LA MORT DE S. A. R. MONSEIGNEUR
LE DUC DE BERRY.

QUAND tes enfans, ô malheureuse France!
Voyaient luire un jour plus fortuné,
Pour t'enlever ta plus chère espérance,
Le fils des rois expire assassiné !
Pleurons, soldats, pleurons sur la patrie!
Un monstre affreux, que l'enfer a nourri,
De Ravaillac égalant la furie, [1]
Renouvela le meurtre de Henri !

C'est un Français, ô forfait exécrable!
Qui, sur un prince, osa porter la main !
Quoi! juste Dieu! ce monstre abominable
Serait Français?.... Non, non, vil assassin!
Pour un des siens la France te renie.
Pour mieux tromper tu ravis ce beau nom.
Un bon Français doit aimer sa patrie :
Peut-on l'aimer sans adorer Bourbon ?

Quel souvenir ! il fait couler nos larmes.
Naguère, amis, ce soutien des Français,
De l'amitié goûtant les tendres charmes,
A ses soldats promettait des succès.
Rappelons-nous qu'au milieu d'une fête,
Il nous disait, en consultant son cœur :
« J'espère un jour, marchant à votre tête,
« Guider vos pas au chemin de l'honneur *. »

Si pour Louis il nous fallait combattre,
Son frère est là, soldats, suivons-le tous :
Toi, Ferdinand, près du bon Henri-Quatre,
Dans les combats jette un regard sur nous.
Et sous nos coups si l'ennemi succombe,
Victorieux, rentrant dans nos foyers,
Tu nous verras déposer sur ta tombe
Nos souvenirs, nos pleurs et nos lauriers **.

Las! il n'est plus ! Mais, en perdant la vie,
Quel doux espoir il nous donne soudain :

---

* Paroles de Mgr. le duc de Berry.
** Cette strophe fut insérée dans le *Drapeau blanc*.

Conserve-toi, dit-il à son amie,

Pour l'innocent qui respire en ton sein *.

Dieu ! des Français exauce la prière ;

De Caroline adoucissant le sort,

Fais que d'un prince elle devienne mère ;

Nous crierons tous : non, Berry n'est pas mort !

* Historique.

L'EFFROI

D'UN CHEVALIER FRANÇAIS

LA VEILLE DE LA BATAILLE D'IVRY.

ROMANCE.

En frémissant je prends ma lance
Pour marcher aux murs de Paris.
Faut-il trouver des ennemis
Aux lieux témoins de mon enfance!
O mon pays! je vois avec effroi
Mon bras armé pour marcher contre toi!

Pardonne, roi que je révère,
Si tu vois frémir un guerrier :
Peut-être ce fer meurtrier
Va percer le sein de mon père!
Mais, partageant un aussi juste effroi,
Je vois des pleurs couler des yeux du roi.

2.

L'honneur de venger sa couronne
Va nous coûter d'amers regrets,
S'il faut qu'un funeste cyprès
Se mêle aux lauriers de Bellonne.
O mon pays ! je ne puis sans effroi
Armer mon bras pour marcher contre toi !

Funeste effet de ma vaillance !
Il faut gémir sur mes succès.
J'ai fait couler le sang français,
Et je suis un fils de la France.
Grand Dieu ! ce sang a rejailli sur moi !
Mon cœur est plein du plus cruel effroi !

Vils chefs d'une ligue infidèle,
Serez-vous toujours triomphans ?
Et les Français à leurs enfans
Font-ils une guerre éternelle ?
O mon pays ! dissipe mon effroi ;
Je ne dois pas combattre contre toi.

Français, calmant votre furie,
Accourez aux plaines d'Ivry :
Les défenseurs du bon Henri
Sont aussi ceux de la patrie.

Bons Parisiens, comptez sur notre foi,
Et connaissez le cœur de votre roi.

Nobles habitans de Lutèce,
Le soldat, qu'on dit inhumain,
Vous appelle, vous tend la main :
Qu'entre nous toute haine cesse.
N'ayant qu'un cri, qu'un cœur et qu'une loi,
Embrassons-nous sous les drapeaux du roi.

LES SOLDATS DE LA COMÈTE *.

CHANSON

ADRESSÉE A MES VIEUX CAMARADES.

AIR *du Verre.*

Bons camarades, vieux lurons ;
Je vous chéris, je vous révère ;
A vos moustaches, vos chevrons,
Je rends un hommage sincère.
Et, sans me fâcher, je souris
Quand je vous entends, en goguette,
Appeler nos jeunes conscrits
Petits soldats de la comète. } *bis.*

A la manœuvre, mes amis,
Peut-être avons-nous l'air novice ;

* C'est une épithète que les vieux soldats donnaient
aux recrues de 1819, où l'auteur se trouvait compris.

Mais on peut venger son pays
Avant de savoir l'exercice.
Un jour dans les champs de l'honneur,
S'il faut croiser la baïonnette,
On verra quelle est la valeur
De ces soldats de la comète.

Peut-on oublier les exploits
Des soldats de mil huit cent onze?
Malgré les efforts de vingt rois
Ils restent gravés sur le bronze.
Un jour de bataille, pour eux,
Etait plus beau qu'un jour de fête :
Pourtant ces héros valeureux
Etaient soldats de la comète.

Devant un injuste agresseur
Qui voudrait insulter la France,
Devant un rempart destructeur
D'où la mort à grands pas s'élance,
Devant un tonneau de vin frais,
Devant une jeune fillette,
Nous ne reculerons jamais,
Quoique soldats de la comète.

La noble étoile de l'honneur
N'a pu s'éclipser de la France :
Et jointe à celle du bonheur
Elle brille avec assurance.
Grâce au règne heureux des Bourbons ,
Cette étoile paraît bien nette :
Au milieu de nos bataillons
Que ce soit là notre comète.

LA JOURNÉE DU SOLDAT.

PETIT TABLEAU MORAL, CRITIQUE, COMIQUE ET VÉRIDIQUE.

Air du combat des montagnes.

On voit paraître l'aurore,
La diane retentit.
On dormirait bien encore ;
Mais il faut quitter le lit.

Afin de se mettre en train
L'on entonne un gai refrain.
Tout en se frottant les yeux
On s'habille pour le mieux.

L'un sachant qu'il est de gardé,
En fin matois, le matin
Fait remettre au corps de garde
Son nom pour le médecin.

On brosse, on cire , on polit.
Sachant qu'un proverbe dit :
Tout ce qui luit n'est pas or,
On frotte, on refrotte encor.

Tandis que plus d'une Hélène
Se colore de carmin,
Nous prenons à la fontaine
La fraîcheur de notre teint.

Pour éveiller l'appétit
Le camarade de lit
Dit gaiment à son voisin :
Mangeons un morceau..... de pain.

Pour dîner le tambour roule :
On y court avec ardeur.
Plus d'un glissant dans la foule
Dîne, comme on dit, par cœur.

Après ce premier repas,
Dont je no parlerai pas,
Craignant , en vantant ces mets,
De séduire nos gourmets.

Lorsque le temps est propice
Chacun prend son fourniment.
Nous partons pour l'exercice ,
L'un fâché, l'autre content.

La musique et les tambours ,
Nous accompagnant toujours ,
Tour à tour donnent le pas
Aux jeunes, aux vieux soldats.

D'accord et d'intelligence
Ensemble nous marchons tous :
Quand verrons-nous donc la France
Aller au pas comme nous !

O l'agréable métier !
En revenant au quartier ,
Du souper la douce odeur
Nous met en joyeuse humeur.

On vante Véri, Baleine ;
Et les mets délicieux ,
Dont notre cuisine et pleine ,
Ne se trouvent pas chez eux.

3

Vous pensez, gens opulens,
Que ce sont des ortolans,
Des brochets, des épinards,
Des perdrix ou des canards.

Ah ! fi donc ! quelle misère !
Comparez à ces fricots,
D'épaisses pommes de terre,
De succulents haricots.

Vous, riches, dans vos repas
Tristes, vous ne riez pas.
Nous, jamais nous ne pleurons,
Qu'en épluchant les ognons.

Le chagrin au front sévère
Chez nous ne pourrait entrer :
Défense au factionnaire
De le laisser pénétrer.

On a pour passer le temps
Mille et mille amusemens.
L'un tant que dure le jour
S'essouffle sur son tambour.

L'un fait écrire à sa belle,
Dont il ignore le nom.
L'autre met en sentinelle
Le fidèle Bataillon *.

S'il vient un tendre billet,
Bien loin d'en faire un secret,
On met à l'ordre du jour
Le doux message d'amour.

Sans faire grande dépense
On peut avoir tour à tour
Maître d'escrime et de danse,
Moyennant un sou par jour.

Riches de nos revenus,
Nous nous croyons des Crésus ;
Quand nous avons quinze sous
Nous allons faire les fous.

Aide-moi, sublime Appelle,
Peins-moi nos guerriers en train
Dans la joyeuse chapelle
Du premier marchand de vin.

* Vieux chien caniche attaché au régiment.

Un tambour en souriant,
Entonne un couplet bruyant.
Le conscrit et le sapeur
Nous le répètent en chœur.

Un vieux grenadier sans taches,
Tenant son verre à la main,
Fait briller sur ses moustaches
Le rubis d'un vin divin.

Il fait couler la liqueur
Jusque sur sa croix d'honneur :
Plein de ce jus pétillant
Henri paraît plus riant.

Les traits de ce prince aimable,
Qui n'a jamais aimé l'eau,
S'animent : il est à table
Auprès du meûnier Michaud.

Ce n'est pas du Malaga,
Du Madère, du Rota,
De l'Aï, du Roussillon,
Du Champagne, du Mâcon.

Lorsque nous sommes à table,
Pour soutenir notre voix,
Nous buvons, jus délectable !
Du Surène de six mois.

Mais on entend le tambour,
Auquel on n'est jamais sourd,
C'est la retraite, bonsoir :
Car avant tout le devoir.

On quitte l'aimable orgie
En chantant un air guerrier,
Le front barbouillé de lie
On regagne le quartier.

Quoique n'ayant plus d'argent
Chacun se couche gaîment,
En fredonnant un refrain,
Sans songer au lendemain.

En un mot le militaire,
Volage amant, franc buveur,
Est capable de tout faire....
Hors ce que défend l'honneur.

3.

~~~~~~

RETOURNONS A PARIS. *.

CHANT DE DÉPART.

AIR : *De madame Scarron.*

MES amis ,
De Paris
Regagnons la rive ;
Séjour plein d'appas
Où notre roi nous tend les bras.
Aujourd'hui ,
Prouvons-lui
Notre ardeur plus vive;
Et que son palais
Soit entouré de bons Français.

Près de la blanche bannière ,
Que tu remis en nos mains,

* Cette chanson fut faite en quittant Versailles
pour venir prendre le service à Paris.

Nous revenons , tendre père ,
Pour seconder tes desseins ,
Et guidés par Alexandre *,
Louis , nous venons t'offrir :
   Nos bras pour te défendre ,
   Nos cœurs pour te chérir.

   Mes amis , etc.

Las ! quel penser nous chagrine
Berri n'est plus sur ce bord !
Mais grâces à Caroline
Ce prince respire encor ;
Plein d'une céleste flamme ,
Priant pour son assassin ,
   En expirant son âme
   S'exhala dans son sein.

   Mes amis , etc.

---

* Monsieur le baron de Courson , colonel du cinquième régiment de la garde royale. Quel plus noble
guide peut-on donner à des Français ?

Sur les soldats de la France
Brille le lis révéré ;
Malgré vous , jalouse engeance ,
Son triomphe est assuré.
Le lis , la fleur d'Henri-Quatre ,
Peut exciter vos fureurs ;
   Mais tremblez de l'abattre !
   Sa tige est dans nos cœurs.

    Mes amis , etc.

Auprès de l'auguste enceinte ,
Où les braves veilleront ,
Les traîtres saisis de crainte
A leur aspect frémiront.
Dans leur rage sanguinaire ,
Oseront-ils , les brigands !
   Assassiner un père
   Au sein de ses enfans ?

    Mes amis , etc.

De Louis l'auguste image
Nous accompagne en tous lieux :

Et sur un autre rivage
Elle est présente à nos yeux.
Loin du séjour de nos princes,
Tous nos vœux sont pour Louis.
   En gardant les provinces
   Nos cœurs sont à Paris.

   Mes amis, etc.

De l'aveugle qui s'égare,
Grand Dieu, ramène l'esprit,
Et fais que le mot barbare
Des mots français soit proscrit,
Au gré de notre espérance,
Pour consolider la paix,
   Aux enfans de la France
   Donne des cœurs français.

   Mes amis, etc.

Près du soutien de la France
Quand l'honneur guide nos pas,
Redoublons de vigilance
Pour confondre les ingrats,

Lisez , honteux satellites ,
Ces mots par nos mains écrits ,
　　Jusque dans nos guérites :
　　Vive le bon Louis !

　　　　Mes amis ,
　　　　De Paris
　　　Regagnons la rive ,
　　　Séjour plein d'appas ,
Où notre roi nous tend les bras.
　　　Aujourd'hui
　　　Prouvons-lui
Notre ardeur plus vive ;
　　Et que son palais
Soit entouré de bons Français.

PETIT RUISSEAU.

PASTORALE.

PETIT ruisseau , coule, coule toujours ,
Petit ruisseau , coule pour les amours.

C'est près de ton onde discrette
Que je soupire le matin ,
C'est dans ton onde que Lisette ,
Trouve les roses de son teint.

Petit ruisseau , etc.

Lise et moi, sur l'herbe fleurie ,
Nous nous jurons d'être constans :
En s'éloignant dans la prairie
Ton onde redit nos sermens.

Petit ruisseau , etc.

L'amour près de ton onde pure
Est notre plus doux entretien.
Si nos voix troublent ton murmure ,
C'est par ces mots , aimons-nous bien.

Petit ruisseau , etc.

Côtoyant ta rive fleurie ,
Près de ton bord , non sans dessein ,
Je cueille la rose jolie
Dont Lisette pare son sein.

Petit ruisseau , etc.

Le riche , qui souhaite encore ,
Rougit de maint honteux désir ;
Quand parfois mon front se colore,
C'est sous le pinceau du plaisir.

Petit ruisseau , etc.

Miroir charmant de mon amie ,
Ah ! peins-lui ma brûlante ardeur ,
Ah ! dis-lui , dis-lui , je t'en prie
Ce que n'ose dire mon cœur.

Petit ruisseau , etc.

Dis-lui que ce n'est qu'avec elle
Que je m'assieds auprès de toi,
Jure-lui que je suis fidelle,
Elle te croira plus que moi.

Petit ruisseau, coule, coule toujours,
Petit ruisseau, coule pour les amours.

~~~~~~

VERS

FAITS DANS LE JARDIN DE L'ÉLYSÉE-BOURBON

La nuit du 16 juin 1820.

EN m'égarant dans ce sombre bocage,
Mon cœur se livre à des vœux superflus.
Je crois te voir, Berri, sous cet ombrage ;
Mais, c'en est fait ! non tu n'y viendras plus.

Tout se ressent du deuil de la patrie ,
Ces bois , ces fleurs ont perdu leur éclat.
Prince adoré, sur cette herbe flétrie
Vois s'échapper les larmes d'un soldat.

Sur ces gazons , pour calmer sa souffrance ,
Combien de fois, noble soutien des lis,
Tu vins rêver le bonheur de la France ,
Pour seconder les projets de Louis !

Près de l'objet qui pleure sur sa tombe ,
Arbres touffus , vous vîtes ce guerrier ,
Dieu ! fallait-il que la douce colombe
Vît sur son sein égorger le ramier?

Des arbrisseaux j'entends frémir la tige !
Ciel ! un soupir est venu jusqu'à moi !
De Ferdinand c'est l'ombre qui voltige :
Je suis ému ! mais ce n'est pas d'effroi.

Qui, moi te fuir , ombre que je révère ?
Approche-toi , je ne redoute rien ,
Si quelquefois tu reviens sur la terre ,
C'est dans l'espoir d'y faire encor du bien.

Mais vers le ciel élevant ma pensée ,
Je crois te voir au séjour glorieux ,
Tu le connais maintenant l'Elysée ;
Depuis ta mort , il n'est plus en ces lieux.

~~~~~~

LE BOUDOIR D'UNE COQUETTE

COMPARÉ A UNE CHAMBRE DE SOLDATS.

AIR : *J'aime ce mot de gentillesse.*

Ah! grand Dieu! quelle différence,
Nous disait certain Adonis,
Entre le boudoir de Laurence,
Et votre chambre, mes amis!
Ah! s'il connaissait l'imposture
De ce séjour de la beauté,
Il préférerait, je l'assure,
Notre heureuse simplicité.　　　(*bis.*)

Dans les glaces de la coquette,
Du haut en bas on peut se voir :
Nous, auprès de notre couchette,
Nous n'avons qu'un petit miroir ;
Nous bornant à son court espace,
Il suffit à notre désir,

Du moins cette petite glace
Ne nous a jamais vu rougir.

Le jasmin, l'œillet et la rose
Parfument le boudoir d'Iris,
Quand chez nous la pipe indispose
Tous nos fats musqués de Paris.
Des parfums la douce fumée
Ne peut aller jusqu'à son cœur ;
Et cette Vénus embaumée
Est moins que nous en bonne odeur.

La coquette au sein des orgies
Sait éteindre en toute saison,
A la lueur de vingt bougies,
Les lumières de la raison.
Chez nous une mince chandelle
Ne nous éclaire qu'à moitié :
Mais on voit brûler auprès d'elle
Le pur flambeau de l'amitié.

Pour cacher une tête chauve,
Teint fardé, postiche contour,
D'épais rideaux de son alcôve
Savent éclipser le grand jour ;

4.

A nous jamais il ne peut nuire ;
Et sortant d'un heureux sommeil ,
Chaque matin nous voit sourire
Aux premiers rayons du soleil.

Sur le duvet et sur la plume
S'étend l'indolente beauté ;
Et c'est sur cette molle enclume
Que vient forger la volupté.
Mais pleurant sur son inconstance
La belle n'y peut sommeiller :
Nous une bonne conscience
En tout temps est notre oreiller.

Bref à ce faubourg de Cythère,
Où règne le triste Plutus ,
L'amant ne parvient sans mystère
Qu'à la faveur de ses écus.
Dans notre modeste retraite
Que Laïs voit avec mépris ,
L'amitié jamais ne s'achète
Quoiqu'elle soit d'un bien grand prix.

~~~~~~

29 SEPTEMBRE !

COUPLETS

SUR LA NAISSANCE DE M^r LE DUC DE BORDEAUX *.

AIR : *du vaud. d'une Nuit de la Garde Nationale.*

QUEL transport ! quelle allégresse !
> Buvons
> Chantons
> Ivres de plaisir ,
A notre jeune princesse ,
Au princ' l'objet de notr' désir.   (*bis*).

O l'agréable journée !
On donn'rait d' bon cœur , oui dà ,
Tous les autr's jours de l'année
Pour un jour comm' celui-là.

Quel transport , etc.

* Cette chanson fut insérée dans le *Drapeau blanc.*

Quand la plus joyeuse ivresse
Vient pour chasser nos regrets ,
Celui qu' aurait d' la tristesse ,
Morbleu ! ne s'rait pas Français.

Quel transport , etc.

J' veux, dans la joi' qui m' transporte,
D' l'himen goûter les douceurs ,
Jeun' prince, j' vas faire en sorte
De t' donner des défenseurs.

Quel transport , etc.

Un jour , ô douce espérance !
Nos enfans , jeunes guerriers
Combattant en sa présence ,
Se couvriront de lauriers.

Quel transport , etc.

Mais nous–mêm's à la victoire
Près de lui nous marcherons ;

A sa santé , je veux boire ,
Avec un , deux , trois chevrons.

Quel transport , etc.

Plus de chagrins , plus d'alarmes ,
Rien ne saurait nous troubler ,
Si d'nos yeux s'échapp'nt des larmes
L'plaisir seul les fait couler.

Quel transport , etc.

Berri , qu'tout Français révère ,
Marqua chaqu' jour d'un bienfait :
L' jeun' prince r'verra son père ,
Dans les heureux qu'il a fait.

Quel transport, etc.

Quand la fortun' sur c'jeun' prince
Va répandre ses faveurs ,
N'importe quell' s'ra sa province ,
Son trône s'ra dans nos cœurs.

Quel transport , etc.

Dieu , donnez un sort prospère
Au noble fils de Berri :
Qu'il soit plus heureux qu' son père :
Il n' peut être plus chéri.

Quel transport , etc.

Traîtr's , os'rez-vous entreprendre
D' nous ravir c' jeun'princ'-là.
Songez que pour le défendre
La Garde Royole est là.

Quel transport , etc.

Si l' ciel , famill' révérée ,
T' fait vivre au gré d' nos souhaits ,
Ah ! tu peux être assurée
Que tu n' finiras jamais.

Quel transport ! quelle allégresse !
　　　　Buvons
　　　　Chantons .
　　Ivres de plaisir
A notre jeune princesse ,
Au princ' l'objet de notr' désir.

STANCES

SUR LA NAISSANCE

DE MONSEIGNEUR LE DUC DE BORDEAUX. *

GUERRIERS, séchons nos pleurs, Dieu veille sur la France,
La bonté de ce Dieu comble tous nos souhaits.
Emané de son trône, un rayon d'espérance
   A lui dans tous les cœurs français.
De la fille des rois dissipant les alarmes,
Il vient de lui donner, pour essuyer ses larmes,
Les innocentes mains d'un fils tant désiré.
Le pressant dans ses bras, cette noble princesse
A revu dans ce fils, doux fruit de sa tendresse,
   Les traits d'un époux adoré.

Ecoutez, écoutez, braves compagnons d'armes,
L'airain qui jusqu'à nous porte son bruit flatteur.
Pour dessiller nos yeux encor mouillés de larmes,
   Paraît l'aurore du bonheur.

* Ces stances furent présentées à S. A. R. madame la duchesse
de Berry.

O réveil fortuné ! délicieuse ivresse !
Je vois sur tous les fronts éclater l'allégresse :
On s'embrasse partout de plaisir attendri.
Pour mettre enfin un terme aux maux de la patrie,
Protégeant de nos rois la famille chérie ,
    Le Ciel nous a rendu Berri.

Frémissez, factieux , dont l'âme criminelle
Conçoit à chaque instant de coupables projets !
Craignez d'un juste Dieu la vengeance éternelle,
    Digne prix de tous vos forfaits.
Vous qui, vous ralliant dans l'ombre et le silence ,
Dirigez vos poignards sur le sein de la France ,
Perfides ! cet enfant vous fera tous frémir.
Vous avez cru des lis briser la noble tige ;
Mais vos efforts sont vains, le Ciel par un prodige
    Pour toujours l'a fait refleurir.

Accordez, troubadours, vos lyres gracieuses ,
Les lis vont s'élever avec plus de splendeur ;
Unissez au canon vos voix mélodieuses ,
    Chantez un aussi grand bonheur.....
Mais.... calmez vos transports, le noble enfant s'éveille ,
Que des sons purs et doux flattent sa jeune oreille.

Peignez-lui notre amour par de tendres chansons :
Et si, trop jeune encore, il ne peut vous entendre,
De sa mère un baiser va lui faire comprendre
    Combien tous nous le chérissons.

La nuit ; quand le sommeil aura clos ta paupière,
Priant pour ton bonheur, espoir de nos neveux,
Tes soldats à genoux auprès de leur bannière
    Au Ciel adresseront leurs vœux.
Dors en paix, noble enfant, compte sur notre zèle :
Autour de ton berceau nous ferons sentinelle.
Louis à notre amour daigne te confier :
C'est nous qui défendrons une aussi belle vie.
Combien tu frémiras, noir démon de l'envie,
    A l'aspect d'un tel bouclier !

L'Espérance à genoux, aux rives de la Seine,
Nous montre le berceau du royal nouveau-né.
Des zéphirs odorans de leur suave haleine
    Couvrent ce berceau fortuné.
Célestes Chérubins, de la voûte azurée
Descendez chaque nuit sur sa crèche dorée.
Montrez-lui dans un songe un heureux avenir.
Vous le caresserez, quand son bienheureux père,
Elevé parmi vous sur la vapeur légère,
    Tendra sa main pour le bénir.

5

Le pauvre laboureur, sous son chaume rustique,
Pour ce royal enfant implore l'Eternel.
Soldats, joignons nos vœux à son pieux cantique;
    Qu'ils s'élèvent près de l'autel.

« Dieu, toi qui des humains règles les destinées,

« Accorde à cet enfant de brillantes années :

« Que son étoile enfin soit celle du bonheur.

« Fais, quand je suis témoin de son heureux baptême,

« Que de son noble front, couvert du diadême,

    « Je contemple un jour la grandeur.

PHAÉTON,

POT-POURRI,

IMITATION BURLESQUE D'UNE MÉTAMORPHOSE
D'OVIDE.

AIR : *Du Verre.*

PHAÉTON , enfant du soleil ,
Vivait jadis en Ligurie :
N'y avait pas , dit-on , son pareil ,
Pour le talent et le génie.
De ses premiers ans l'heureux cours
Lui promettait un sort prospère :
Monsieur Phaéton tous les jours
Etait éclairé par son père.

AIR : *Sans mentir.*

Mais c'te belle destinée
Bientôt lui fit des envieux :
Son papa tout' la journée
Pour lui seul avait des yeux ,

Epaphe un jour par vengeance ,
'Lui dit , d'un air de mépris ,
« Va , malgré c' te préférence ,
« J' savons ben qu' t'es pas son fils. »
   Sans mentir ,   (*bis.*)
Ça n' lui fit pas trop plaisir.

AIR : *mon galoubet.*

« J'veux te l' prouver , (*bis.*)
Répond Phaéton en colère,
« Et d' cet affront-là me laver ,
« Epaph', pour qui prends-tu ma mère?
« M' dir' comm' ça qu'il n'est pas mon père,
 « J' veux te l' prouver. » (*bis.*)

AIR : *A la papa.*

V'là qu'il court comme un furieux
, A la diligence d'Eole.
Allons , qu'il lui dit , mon vieux ,
Au séjour de mes aïeux,
Mèn' moi mill' z'yeux.

Puis sur c' coup d'temps-là ,
Il part dans un' gondole,
En disant , oui-dà ,
J' m'en vas conter tout ça
    A mon papa
    A , à mon papa ,
    A mon papa.

AIR : *Réveillez-vous, belle endormie.*

Il m' sembl' , dit-il , voir sa colère
Au récit d'un semblable affront :
Mais il s' réveille, c' tendre père,
Car j' vois deux rayons sur son front.

AIR: *du Bâilleur éternel.*

Ah ! ah ! ah ! ah ! ah ! ah ! ah ! ah ! ah !
    Qu'est-c' qu'aurait dit ça ,
        Dit l' père
    En ouvrant la paupière ,
Ah ! ah ! ah ! ah ! ah ! ah ! ah ! ah ! ah !
    Qu'est-c' qu'aurait dit ça ,
    Qu'à mon réveil , j' t'eus trouvé là ?

— Mon papa, que j' vous embrasse,
Comment ça va-t-il c'matin,
— Mon garçon, t'as l'air chagrin,
Tu n'me regardes pas en face.

—Ah ! ah ! ah ! ah ! ah ! ah ! ah ! ah ! ah !
Mon petit papa,
Queu conte,
On raconte,
Sur notr' compte !
Ah ! ah ! ah ! ah ! ah ! ah ! ah ! ah ! ah !
On m'a dit comm' ça
Que vous n'étiez pas mon papa.

AIR : *Un homme pour faire un tableau.*

Quel est cet être audacieux ?
Dit le soleil rouge d' colère,
Aujourd'hui j' vas priver ses yeux
De mon éclatante lumière.
Phaéton enfant de l'amour !
Je fais le bien et l'on me fronde,
Dir' que j' ne t'ai pas donné l' jour,
Moi qui le donne à tout le monde. *(bis)*

AIR : *Sur le port avec Manon z'un jour*,

— Mais qu' vous soyez mon père ou non ,
D'main matin , j' lui dirai mon nom :
Mais il faut , et ça pour votr' gloire ,
Q' vous m' promettiez sur votr' honneur
De m'accorder une faveur.
   — Mon enfant , j' te le promets ,
    Si j'y manqu' je t' permets ,
De m' casser la gueule et la mâchoire.

AIR : *Au clair de la lune.*

Narguant qui me fronde ,
J' veux dans votr' chariot
Fair' le tour du monde :
Hein , c' n'est pas si sot ?
Car Epaph' , j'espère ,
Va dire à son tour ,
Ah ! c'est ben son père ,
C'est clair comm' le jour.

AIR : *Silence, silence.*

Arrête ! arrête ! arrête !
As-tu perdu la tête ?
Dit le papa crevant d' dépit
D'entendr' la d'mand' que le fils fit.

AIR : *De la petite semaine.*

— Ah ! papa , vous m' l'avez promis,
J'espèr' que vous n's'rez pas parjure.
— Renonce à c' projet , mon cher fils ,
N' sois pas sourd au cri d' la nature.
Tu s'rais flambé, j' te l' dis toutnet.
J' te vois déjà chez l' noir monarque.
— Bah , un' fois dans l' cabriolet
J' me charge d' conduir' la barque. (*bis*).

AIR : *J'ai vu la meûnière.*

Avec un accent douloureux ,
Song' , dit ce bon père ,
Qu' mon carosse est plus dangereux
Qu'un célérifère ;

Car il n'y a pas , mon enfant ,
A ce char qui te tente tant,
 D' laquais par-derrière ,
 D' cocher par-devant.

AIR : *de cadet Roussel.*

— V'la l'heur' , mon père , et j' veux partir.
— Non , dit l' père , moi j' veux te r'tenir.
— Ah c' n'est pas beau , papa , d'mentir.
— C'est y donc beau d' vouloir périr ?
L' fils commence à s' mettre en colère ,
Mettant en jeu l' serment d' son père :
 Et malheureusement
 Son père était un bon enfant.

AIR : *de la romance de Joseph.*

A peine sorti de nourrice ,
Promettant d'être un fier luron ,
Qu' tu vas êtr' victim' d'un caprice.
— Bah , n' craignez rien , r'prend l' fanfaron ;
Bientôt vous me verrez j'espère
Traverser sur votr' char d'azur ,

Criant partout qu' vous êt's mon père.
— Malheureux , en es-tu bien sûr ?

AIR : *Souvenez-vous-en.*

C' bon pèr' les larmes aux yeux ,
Lui fait de tristes adieux ,
Phaéton court à l'instant
Où le char l'attend.   (*bis*).
L' pèr' lui criait d' temps en temps :
Va , mon pauvr' garçon , t'es d' dans.

AIR : *Femmes , voulez-vous éprouver ?*

Le v'là parti , l' char éclatant ,
Ben loin de son père l'entraîne ,
Il se r'quarrait d'un air pimpant ,
Entr' l'ivoir' , le rubis , l'ébène ,
Mais l' malin qui veut savoir tout
Prend la route qu'il croit la plus sûre :
Si ben qu'il met le feu partout
Voulant réchauffer la nature. (*bis*)

AIR : *J'arrive à pied de province.*

Mais v'là que sur son passage
 Se trouve un torrent ;
Dont son père en homme sage
 Lui parlait souvent.
C'est là qu'il faut qu'on me r'nomme ,
 Risquons notre peau ,
Comm' je vas , dit l'beau jeune homme ,
 D'puis que j'suis sur l' Pô. (*bis*).

AIR : *du pas redoublé.*

Fallait voir les pauvres humains
 Tomber comme la grêle ,
L'zuns criaient en joignant les mains :
 Est-c' que j' somm's dans la poële ?
L'z autr's disaient en r'gardant en l'air :
 V'là l' soleil qui s' décroche !
J' crois , dieu m' pardonn' que Jupiter
 Veut nous mettre à la broche !

AIR : *de l'écu de six francs.*

Jupin écoutant leur prière ,
A l'étourdi cric , halte là.

Est-c' que l' diable te pouss' par derrière?
R'gard' le beau gâchis que voilà.   (bis)
Mais c'est qu'il paraît ne rien craindre.
De s' moquer d' moi s' fait-il un jeu ?
Coquin, partout tu mets le feu ,
J' vas t' flanquer dans l'eau pour l'éteindre.

AIR : *Ton ton, ton tontaine , ton ton.*

Si j'avais écouté mon père ,
    J' n'en s'rais pas là , dit Phaéton ,
Ton ton , ton ton , tontaine , ton ton ,
    Qui m'eût dit que l' maîtr' du tonnerre
Dans l' Pô me f'rait boire un bouillon ?
        Ton ton , ton taine , ton ton.

AIR : *de la petite poste de Paris.*

Plus embarrassé qu'un goujon ,
Il s'écrie en faisant l' plongeon ,
J'expire !.... Adieu....mon cher papa....
J' peux ben dire , mon *meâ culpâ* :
Car j' n'en s'rais pas là si j'eus pris ,
    La petit' poste de Paris.

AIR : *Oh , oh , oh , ah , ah , ah !*

L' père s' doutant
D' queuque événement ,
Court chercher l' pauvre hère ,
On lui racont' douloureus'ment
La fin du téméraire :
Votr' garçon , il vient d' boire un coup ,
Dans c' t'endroit qu'est un vrai cass' cou.
— Quel coup !
Dit l' père , il vient d' boire un coup-là ,
J' me doutais bien de c'te fin là ,
La ! la !

AIR : *de Calpigi.*

C'est en vain qu'il veut fair' des r' cherches ,
J' ter des cordag's , lui tendr' des perches.
Son char , par l' tonner' fracassé ,
Surnageait sur le Pô cassé.   (*bis*)
Mais qu'est-il donc d'venu ? dit l' père ,
Dans l'eau serait-il en poussière ?
Au bout d'un mois c' t' enfant chéri
Fut r'trouvé dans le Pô pourri.   (*bis*)

6

Air *du vaudeville de Jadis et Aujourd'hui.*

Pour prouver sa douleur amère
L' soleil du noir prit la couleur :
Et tous les cent ans ce bon père
 Porte ce deuil triste à son cœur.
C't' année était l'anniversaire
Qui r'nouv'lait c' chagrin sans pareil :
Ainsi c'est expliquer l' mystère
Des taches qu' j'ons vu dans l' soleil *. (*bis*)

---

* Ce pot-pourri fut fait en 1816, année où l'on vit des taches au soleil ; l'auteur n'avait alors que dix-sept ans.

~~~~~~

SOYONS UNIS.

CHANSON

ADRESSÉE A MES CAMARADES DE LA GARDE ROYALE.

AIR *de la treille de sincérité.*

Garde fidelle,
Point de querelle.
Sous les étendards de Louis,
  Mes bons amis,   } *bis.*
  Soyons unis.

Jaloux du saint nœud qui nous lie,
Des lâches, qu'il faudrait punir,
Pour mieux accabler la patrie,
Amis, voudraient nous désunir. (*bis*)
Tous ces enfans de Tisiphone,
Ennemis des bons citoyens,
Ne peuvent renverser le trône,
Ils en attaquent les soutiens.

  Garde fidelle. etc.

Jaune ou rouge notre doublure
Doit-elle nous choquer jamais ?
Qu'importe une vaine parure
Pourvu que le cœur soit Francais.
Saisis d'une crainte soudaine ,
Soyez sûrs que nos ennemis
Ne pourront jamais , dans la plaine ,
Voir les couleurs de nos habits.

Garde fidelle , etc.

La douce amitié qu'on exile ,
Fuyant un monde de jaloux ;
Vient chez nous chercher un asile :
Amis , la repousserions-nous ?
Jadis dans les champs de la gloire ,
Compagne de tous leurs travaux ,
L'amitié , leur versant à boire ,
De nos soldats fit des héros.

Garde fidelle.   etc.

Un Français armé de son glaive
Percerait le sein d'un Français !

Malgré moi mon cœur se soulève
En songeant à de tels exès.
Nous séparant l'honneur nous crie :
Preux soldats, n'est-il pas plus beau
De mourir pour votre patrie,
En défendant votre drapeau?

        Garde fidelle.   etc.

Assis à l'ombre de nos treilles,
Embrassons-nous, frères joyeux,
Que les glous glous de nos bouteilles
Etourdissent les factieux.   (*bis*)
Envain sur nous, horrible envie,
Tu distilles tes noirs venins :
Nous servons la même patrie
Et nous buvons les mêmes vins.

        Garde fidelle.   etc.

Qu'aucun parti ne nous divise :
Si nous nous trouvons en chemin,
Nous abordant avec franchise,
Chers amis, serrons-nous la main.

Songeant que nous sommes tous frères,
Que nous suivons la même loi,
Rapprochons nos cœurs et nos verres
Pour boire à la santé du Roi.

Garde fidelle ,
Point de querelle.
Sous les étendarts de Louis,
Mes bons amis ,
Soyons unis.

FIN.

~~~~~~

TABLE.

———